사사로움의 주기

책 만 드 는 집
시인선 230

사사로움의

주 기

서 성 자 시 조 집

책만드는집

응고되는 것들
사이로 곁으로 지나간다

작고 다정한 어둠이
묘혈처럼 붉다

자꾸만
잘 살고 싶은
슬프고 아름다운

네가 온다

2023년 가을
서성자

| 차례 |

2부

3부

4부

5부

1부

일몰

좋아죽겠는 사랑 하나

만들지 못하고

깨물고픈 마음 하나

돼주지 못하고

간다고

서둘러 붉다가

못 본 척

빙 돌다가

드라이플라워

장미가 그려진 칼에 손끝을 베였다
칼날의 요령보다 붉은 꽃에 흔들려
가끔은 그런 날 아침
용서한다 말할 뻔했다

서서히 변하는 마음 안이 불안할 땐
다발째 레인지에 급속으로 말리며
쫓기듯 멀어진 너에게
기다린다 말할 뻔했다

죽은 꽃을 걸어두면 불운이 자란다는데
눈 질끈 감으면 거친 날도 축복이듯
매달려 검붉은 생이여
오늘은 꽃잎이기를

겹겹

한 시인이 품에서 치자꽃을 꺼내며

첫사랑 냄새가 나 시가 올 듯하다는데

어쩌나 시들한 향이 몰래 잊은 사랑 같아

포개져 아린 마음 한 잎 한 잎 피는 밤

겹꽃보다 홑잎의 짙은 향이 슬퍼서

둘인 듯 홀로 가야 할 생의 시린 발목이여

살내를 먹고 사는 짐승의 책무로

묵은 살갗에 닿는 굽은 등을 쓸어줄 것

이울어 깊은 밤들을 구불구불 넘어갈 것

비 오는 날 나는 비트차를 끓인다

묶어둔 관념들은 풀지 마라 하릴없다

무모한 집착처럼 비는 창을 때리지만

여전히 하늘은 멀고 사람들은 태연하다

생명의 뒤안길은 격렬하고 흔쾌한 법

내 중심에 돌연히 소름 한 줌 쏟아놓고

마지막 생의 에너지로

춤추는 붉은 빗물

푸른 고목

함부로 마음 내밀면
안 되는 일이다

너의 굴촉성이
내 심장을 죄기 전에

살아서
꿈틀대야 한다

진지하게
밝은 곳으로

짙다

청소부가 공원에서 낙엽을 쓸다가
휴대폰을 높이 들고 단풍나무를 찍는다
소리 내 울고 싶은 일이 올 것 같은 저물녘

만나고 사랑하고 죽은 후의 세상처럼
나를 손짓한 삶은 덤덤히 흐를 테지만
운명이 지루할 즘엔 잠시 붉어야 하리

초로의 바람이 어둠을 불러오고
아파트 창들이 통속처럼 피는 시간
저만치 발랄한 단풍들
잡은 손
울컥 짙다

오늘까지만 기억할게

산책길을 여기 두고 소문이 된 그가 왔다

고통의 맨 끝에서 하늘이라는 신비와

한가득 별의 마음을

끌어당겨 안고서

우리에게 오지 않은 먼 것들의 매혹은

아침처럼 말없이 낯선 길을 갈 것이다

내 앞에 잠시 창백한

망각의 문이 열린다

성수기

1.
별이 갈망이 무엇인지 막연할 때
누군가의 강에 닿은 어느 오후를 지나
마침내 돛을 내린 곳 멈추어 머리 숙인다

2.
평온한 도로에 누운 검붉은 사체를
까마귀 한 무리가 더 붉도록 헤집는다
허물을 다 벗은 생이 결실의 계절 같다

거두고 부여한 숨이 뜨거이 푸르다
활기를 다시 찾은 이식한 묘목처럼

철 맞은 식장 안으로
새들이 몰려간다

랭보를 읽는 밤

달콤한 이마를 가진 여행자의 머리맡에

연민의 오누이로 이 밤 나는 깨어 있네

거미가 독한 어둠에서 신의 불꽃을 물고 오네

행복이 뚝뚝 지는 무수히 위태한 밤엔

고집 센 운명과 친해지는 법을 알지

잠 오는 양귀비꽃은 어디에든 필 것이네

보이지 않는다

부서지고 잉태하고 사라지고 나타나고
오랫동안 익숙한 생의 과제를 위해
진이*가 검은 고독처럼 새끼를 물고 왔다

다음을 준비하듯 작은 몸을 핥다가
모르는 시간 위에 무심히 밀어놓고
오래된 이야기 속으로 잠기어 들어간다

바람이 지나간다
죽도록 긴 밤이다
너의 미래는
나와 닮아 있으므로
십오 분 그 뒤의 일은
묻지 않기로 한다

* 일곱 살쯤 된 길고양이.

여행 가는 날

정해진 수순대로 엄마를 태우러 간다
속절없는 봉분들 즐비한 언덕 너머
초가을 산벚나무 그늘
적당히 슬픈 곳

난생처음 고아가 된 새끼들 여행길에
구석으로 치워둔 엄마의 몇 계절이
갓 잠 깬 날짐승처럼
따뜻하다 아무 일 없다

그럴 만한 사유 없이 여러 것과 이별했다
뱉지 못한 말들이 입 속에서 사라졌다
막연히 그리운 것들이
선명해질 무렵이었다

길몽

검은 옷의 여자가 잠시 졸고 있네

길지도 짧지도 않은 한 번의 축제 속에

죽음을 오래 준비해 온 산 시간이 흐르네

시끌벅적한 하루가 밤을 움켜 와

한 사람의 어제를 흠뻑 적시고 있네

생에서 금방 *끄집어낸*

휴대폰이 울리네

휘파람 만발하더니

숲속 길 쉼터 지나 담 낮은 마당 집엔
백목련 두 그루와 노부부가 사는데요
간간이 밭은기침 소리 시큰하게 핍니다

가쁜 맘 다독이는 덴 목련차가 좋다지요
꽃잎이 잠을 깨고 날숨을 쉬기 전에
할머닌 제를 올리듯 꽃자리 거두십니다

웬일인지 오늘은 마당이 소란하고요
천진한 송이송이 휘파람 만발하더니
봄 건너 환한 조등이
붉게 피는 중입니다

2부

뚜렷하다

흙빛이 잘 어울리는 은밀한 그녀가
늘 있는 일처럼 오늘 밤이 온 것처럼
축 처진
한 뼘 어둠을 물고
풀숲으로 간다

오래 겪은 것들은 그 고통도 능숙하다
철 따라 이어지는 사랑 후의 상실 몇은
어디에 묻어두는지 침울도 깃들 수 없어

얼마나 견고한가 저 완벽한 소멸은
내일은 사랑 않는다 말할 수 없다고
성실한
빛 바람 꽃 잎
흐드러진 이 계절은

종이 인형

색동옷은 누가 짓나 진달래 개나리 지면

꽃 이전의 시간을 달래주는 꽃비 속에

보이네 평생 입고 갈 당신이라는 슬픈 고정

자고 가거라 말도 가네 그 손길 따라서

젖빛 저고리 치마 층층이 동이시고

팔베개 고요하시네

어여쁜 잠이 오네

개화

삶 위에 그림자가 커튼 치고 일렁일 때
기다림은 두는 것 살아 있는 거라고
연화암 백일홍 아래서 당신이 말했다

명랑이 펼쳐놓은 꽃지붕 그늘에
누가 망설인 듯 던진 목숨을 묻고
멈추어 아름답다고 스님이 웃는다

짧은 날을 오고 간 길 위의 별들이
물방울처럼 똑같은 눈망울로 누운 곳엔
청량한 독경 소리 덮고 기다림도 안온하겠다

몇 잎 바람을 안고 꽃이 어둑해진다
노을 내린 언덕을 당신이 오른다
남은 길 붉은 약속이
마음에 든다, 핀다

거미의 밤

그리하여 선명한 어둠의 적막 속에

더 깊이 눈 감을 것 불안을 사랑할 것

마모된 마음을 펼쳐 뜨겁게 출렁일 것

그리하여 단출한 하루에 엎드려

없는 것을 버릴 것 한 올의 죄책감마저

그리고 남은 두려움은

천천히 걷어낼 것

고사목

두렵다, 물기 많은 봄 지다가 지친 나무
진부한 소설같이 마른 생이 미안한지
죽도록 푸르고 싶을 가지를 숙인다

당신이 아주 없다 생각한 적 몇 번 있다
걷다가 닿은 저녁이 자주 습해질 때
가을은 억새꽃 아래서 낮게 울다 가고

과거가 된다는 건 잊힘을 잊는 것
해 지는 비탈을 위안처럼 바라보다
놓을 것 다 놓고 어둡는
널 본 후에
알았다

봄, 봄

저, 누나
죄송한데요
담배 한 갑만
뚫어주시면…

달 뜬 공원 벤치에서 튼실한 소년이 웃네

클 났네
벚꽃 송이 따라
나, 자꾸
흔들리네

플라워 댄스*

수백 개의 소리가 고요히 깨어날 무렵
찬란한 이별을 준비해 둔 축제처럼
허공을 가득 살아온 꽃의 생이 휘날립니다

메마르고 오그라든 당신의 뒤뜰엔
누구를 기다린 듯 사과꽃 피어서
어둡고 비밀스러운 저 너머까지 분홍입니다

수많은 갈팡질팡과 단단한 오해는
질서 없이 한 잎 두 잎 과거로 스며들어
지금은 그늘 저편이 꽃비 속에 들 때입니다

조금 더 소리 높여 플라워 플라워
미지의 사위 속을 훨훨 날겠습니다
이 생은 아름다운 습관
멈출 수 없는 댄스 댄스

* DJ 오카와리의 곡명 빌림.

35

해바라기

달을 보고 나면
가는 곳마다 네가 왔다

외롭지 마세요
그 말 파동이 고와

세상에
툭, 던져진 후
이토록
맑음

날자, 호랑나비

배회를 말하려다 지친 밤이 깊어지면
나는 훨훨 나는 나비의 꿈을 꾸었다

제대로 말리지 못한
날개가 욱신거렸다

낡은 안장 위에 호랑나비가 앉아 있다
낯선 이가 손바람으로 날개를 보내고

그렇게 돼야 하는 일처럼
자전거를 끌고 간다

인생이라는 비린 사물을 단단히 메고 가는
날지 않을 그의 등이 문득 화사하다

잘 간다 희끗한 길로
나비가 맴을 돈다

그대의 봄에게

지금은 그러니까 진지한 날들입니다

하늘 아래 나무들 제각각 초록을 짓고

꽃들은 본분을 다해 피고 지는 중입니다

그러니까 지금은 눈물 고운 나날입니다

풀숲엔 길고양이가 새끼를 물어 나르고

대륙은 한 영혼으로 햇살을 궁굴립니다

고통과 즐거움 그 영속의 고리 안에

낯선 침잠으로 서로를 다독입니다

너와 나 함께 어룽져

사랑 한창인 별에서

돌을 얹다

얼마를 흔들리며 걸어야 닿을 텐가

허공 위를 구르다 허물어 다시 쓴 후

첫 마음 빽빽한 자리

몰락의 틈을 딛고

골똘한 공중에서 새 한 마리 무너진다

뭔가 되고 싶다는 생각을 끊어내듯

몇 차례 낮게 우짖다

삼 분 전처럼

고요한 낮

마음이 아프다는 말

아가미가 팔락이는 생선회를 앞에 두고
마음이 아프다는 흔한 말을 생각한다
누군가 등을 툭 치며
유별나다 웃는다

아픔과 유별남 그 간극은 얼마쯤일까
살아 있는 것들의 평등한 고통에 대해
당신은 철학을 말하고
나는 그냥 조금 웃고

피고 지는 감정의 비린 곳을 찾는 동안
통점 없는 어류같이 바다는 평온하고
마음이 아프다는 말
수족관 속에 유유하다

아직 맨드라미가

내 나이 때 엄마는 사랑 마라 하시더니

놓쳐서 아쉬운 것은 사랑밖에 없다*는 듯

꽃만큼 뜨겁게 살라며 가을 두고 가셨네

무엇을 품는다는 말 내겐 아직 척박하여라

잠시 타오르는 저 붉은 영혼 지나

살다가 언뜻 스쳐 갈

먼 타인의 말처럼

* 모니카 마론 『슬픈 짐승』에서.

3부

들국화라는 꿈

두어 계절 자다 깨어 이름 없이 살고 싶네

이마에 뚝뚝 지는 희푸른 하늘 덮고

마음속 깊은 곳을 두드려 슬픈 소리* 흘리다

과거도 미래도 무연한 마을을 만나

단풍물 숲길 같은 사내 하나 얻어서

삼백 날 난봉꾼의 여자로 울며불며 살아도 좋아

행여나 미련처럼 이름 한 줄 받는다면

그대 손에 감기어 생목으로 뒹굴다가

좋은 날 잘 마른 향으로 죽어 살면 좋겠네

* 나쓰메 소세키 『나는 고양이로소이다』에서.

흔한 것은 조용히 울렁거린다

이십 년 된 자동차의 희끗한 지붕에

근심 없이 널브러진 고물상 폐품 위에

긴 하루 고군분투들 순해지는 골목에

언제였나 울렁이는 아련한 숙취 같은

떠돌이 백구의 쇠잔한 목덜미 같은

눈 온다 조용을 깨우고

송두리째 첫, 눈

입동 지나

'고양이 밥 주지 말 것 약 놓을 수도 있음'
그러든지 말든지 배추밭 팻말 건너
연화암 석등 아래서
길냥이가 졸고 있다

스피커 속 염불은 어디로 가는지
색 바랜 연등처럼 늙을 대로 늙은 생각
때때로 가을 끝에선
쓸모 잃고 흘러가길

인간이라는 슬픔에서 비롯한 죄책감을
형상 없는 불경 소리에 떠넘겨 보낸다
부처님, 추운 목숨들을
얌전히 묻어주세요

송현의 노래

누가 그 영혼에 주술을 걸었나

나비도 꽃도 없는 곳 울음마저 버리고

죽음을 살아가야 할 나는 가야의 소녀

집전이 끝나고 위대한 어둠이 오면

금붙이 동댕이치고 일어나 춤을 추자

열두 금 소리를 밟고 불멸의 춤을 추자

천 년을 돌아서 또 천 년을 다시 살아서

성근 봄 몸 여린 것들 자주 슬픈 이승에서

아득한 달빛 불러와 가장 환한 춤을 추자

* 송현이 : 경남 창녕읍 송현동 15호 고분에서 발굴된, 순장한 것으로 추정
되는 소녀.

흘러라 명왕성

스치는 직관이 정직하여 무서울 때

광막한 공허가 뜨거운 굴레일 때

에돌아 끝 모를 끝이 떠나온 그곳일 때

너와 나의 세계는 태초에 아득했으니

이승의 일인 듯 먼 주변을 거닐다가

비루한 탄생일지라도 내 사랑 가능성으로

마지막 기일

어둠이 매끄럽다

숲이 웅웅거린다

별 하나가 팽창한다

창문이 부드럽다

저 멀리 파름한 빛 속에

굽은 나무가 서 있다

수국의 시절

봄 끝은 후련했다 아플 수 없었다
청빛의 궁륭을 한 송이씩 지으며
잎일 땐 꽃의 시간을 가늠할 수 없으므로

착란의 소나기가 냉정하게 멎고 나면
회피는 두려운 무엇을 남기는가
진실한 낮과 밤들은 가깝거나 너무 멀어

온 우주가 변전해도 나는 그렇지 않아*
여린 잎의 물결 아래 젖은 눈빛들이
그 말에 살고 싶어서
미친 듯 피고 있는데

* 호르헤 루이스 보르헤스 「알레프」에서.

첫사랑

떠나거나 떠나보낸 맘 시린 오월이면
푸른 가시 사이로 탱자꽃 하얗겠네
어디든 가고 싶어 하는
바람 따라 일렁이겠네

탱자꽃 너 닮았다
혀끝으로 소리 내보면
아롱진 시절의 겨드랑이가 가려워

사람아
눈썹 짙은 계절
멀리서 별이 뜬다

안에 살다

네 목청에 묻어오는 빗소리 들으며
네 눈에 잔잔한 은물결을 생각하네

알겠네 반쯤 닫힌 세상
그 봄날의 감정을

껍질 같은 위로와 체온을 버리고
현란하여 오만한 입술도 닫고 나면

알겠네 잠시 멀어진 후
두터워진 마음을

만질 수 없는 고요가 오래도록 다정히
지상의 여린 것들 몸빛을 감싸네

알겠네 내 안에 웅크린
나를 사는 방식

동백처럼

기묘한 꿈을 꾼다

눈 속에 핀 꽃 몸은

단 하나의 그 약속

잠정적인 생을 향해

숙명을

앞지르는 소리

꼿꼿한 소리로

이별은 나의 힘*

마음이 아프면 진심이라고 하는데
나는 또 그 마음에 괜찮다 헛말을 한 후
두 번째 숨을 놓은 것의 행성을 짓는다

사람의 마을에 생명으로 있기 위해
세 들어 때론 울다 없었던 듯 가버리면
감정은 철들지 않아
나는 자주 움푹해진다

내가 없는 곳에서도 나를 생각하나요**
나는 흔한 도리질로 싸구려 맘을 접고
세 번째 별을 묻으며
상쾌한 손을 턴다

* 기형도 「질투는 나의 힘」 제목 변형.
** 영화 〈엑스 마키나〉에서.

석남사를 스쳐 간다

동안거를 준비하는 그대 얼굴 밝았다
나는 당신 아래 그늘의 곁에 서서
손 모은 기도가 닿은 그 후미를 떠올린다

운의 영역에 맡겨둔 나날들은
연등의 염원만큼 오래 멀고 깊은데
어디서 뜨거운 것들이 수런대며 걸어온다

누군가의 미래가 되기 위해 해가 지고
움츠린 하루가 유순히 넘어가는 곳
당신 참 잘 어우러진다
꽃인 듯 꿈인 듯

새벽, 비

가만히 아주 깊이

고여 있고 싶은데

누가 이 새벽을

자꾸 끌고 흐른다

욕망을 쓸어 가는 듯 단호한 소리 소리

의지를 내던진 당당한 운명으로

잘 씻은 가슴으로 땅보다 더 낮게

흩어져 꽃잎 아래서

거칠게 우는 이여

오늘은 좀 울자

당신의 종착역에 서 있는 나를 본다

처음부터 예감은 무섭도록 잘 맞아서

신들이 나를 가져와 모퉁이에 부려놓았다

완강한 물살도 부서지는 파도도

모두 먼지이거나 빛이거나 폐허일 뿐

오늘은 그냥 좀 울자

당신 무릎 위에서

4부

이별에게 먼저

감나무 집 보리가 새끼를 떼어 보내고
궁금한 것 더 없는 나이마냥 엎드렸다
그렇지, 사라지는 것들은 이유가 있다*니까

우연의 필연으로 우리 서로 닿아서
한 무리 별자리로 살다가 부서지면
그렇지, 수십억 년 전 그 빛으로 반짝일 거야

기다림이 다 끝난 문밖의 세월일랑
오래 앓고 난 뒤 넘기는 흰죽처럼
그렇지, 꿀꺽 삼켜봐
부드럽게 말갛게

* 김애란 「사랑의 인사」에서.

소산

슬프기도 바쁠 텐데 청수국 화창하여라

저 혼자 풍성한 축제를 치르는 듯

무수한 작별을 씻는 하늘 소풍 뒤뜰에

냄새 닮은 사람들 한소끔 울고 난 뒤

숨탄것의 냉정을 허락한 어느 신이

요절이 꿈이라 적힌

옛 편지를 태운다

하루의 그늘

사나흘쯤 흘렀을까 빛이 지나간 길

투명한 달팽이 하나 유리창에 붙어 있다

벼랑을 건너는 중이냐고 바람이 묻는다

무심한 나날들이 서걱이는 몸 자리가

생애를 거쳐 간 문양으로 어룽거리다

오늘을 잘 잊기 위한 인사처럼 순해진다

다시 가보고 싶은 오래 쓸쓸한 길이

어두운 빛 안에서 충실히 피어난다

스스로 그늘을 빚어

그 몫으로 환한 날

달이 오네

산길 나뭇가지에 흰 천이 팔랑이네
'제사를 50만 원에 평생 모셔드림'
그 아래 갓 핀 봉분이
미안한 듯 더 붉네

몇 해 전 어머니는 생전 의무를 다하셨네
연이은 제상은 어수선한 생계 같아
아버지 젊은 기일이 추석으로 건너오셨네

세상에 내가 졌다 마음먹은 밤이면
미루다 못 한 말들 둥두렷 높이 올라
마음껏 잊고 살아라
무동 태운 달이 오네

설악초

끝에서부터 온다 연약한 우리 사랑

희고 설운 약속들 한 움큼 목에 걸고

밀물진 나의 순정을

볼모로 한

칠월, 차다

새야 새야 동박새야

1.
새야 새야 동박새야
내 몸에 들지 마라

젊은 봄 툭탁이면
너도 따라 들썩이다

뜻밖에 눈 오시는 밤
너는 가고 나는 지리니

2.
무진장한 삶에 핀
뚜렷한 적막이여

빈약한 내 우주에
정박한 노래여

누구나 무언가를 보내고
울어야 할 때가 있다

나를 지나간다

끈질기게 쌓여 있는 시집을 훑어본다

죽음마저 찬란한 문장의 향연 속에

뜨겁고 고독한 침묵 삼키다가 뱉다가

왜 나는 가깝고 먼 미로와 미궁 사이

농담처럼 흘러와 어설피 휘적이는가

단단한 구름 기둥 한 채

희망적으로 닦으며

튤립 한 컷

천천히 오신다더니

마음 이미 오신 거지요

천 송이 등불은 언덕 아래 저무는데

그대는 누구신가요

돌아보듯 오신 이여

진동의 생은 스스로

눈매 깊은 계절이면

철없이 황홀한 스위치를 내립니다

그대는 누구신가요

휘파람처럼 사라진

헌 옷 수거함

새것은 오지 않고 오랜 것만 그리운 날

길가에 헌 옷 수거함 비를 맞고 서 있다

다 젖어 기우뚱한 몸이 불가능한 나이 같다

꽉 다문 입에서 흘러내린 팔다리들

누군가 급히 버린 절망처럼 하염없어

이렇게 갈 길이라면 잠시 왔다 가는 거다

제때 제자리에 바람 불고 비 온다

무질서한 생의 얼굴 펼쳐 헹구면서

심장이 부풀 때마다 흔들리며 걷는 길에

로드킬

내가 살기 전부터
나와 공생해 온

불멸보다 오래 남을
고통을 믿기로 한다

뜨겁게
지상에 설 것
결심 따윈
잊는다

가랑잎 수상록

화려한 그 속박 찬란한 향연 후엔

꽃이 지는 속도로 봄에서 멀어졌다

위선을 칭칭 두르고 밖으로 푸르렀다

쓸모 있는 곳에서 바람이 불어오면

남김없이 가라앉는 마른 날의 기쁨으로

별 너머 처음 세상을 생각하는 밤이여

고독한 허밍은 완전한 숨의 결말

융단 위를 걸어라 이불처럼 평온히

뺨이여, 스스로 사른

갈맷빛 기억이여

추신
– M에게

아직 지지 않은 지난해의 잎들을
깊은 바람 소리가 진동으로 감싼다
긴 날을 살아온 달이 따라서 젖는다

너와 내가 모르는 어느 길을 지나다
문득 흔해빠진 눈물 한 방울 흘린 것은
바닥에 떨어진 별이 명멸할 즘이었다

욕망을 버린 후 우리 잠시 슬펐으나
계절이 쓸어 간 낙엽처럼 가벼웠으니
축축한 등걸로라도
오는 봄을
살아야 한다

사사로움의 주기

너를 빠트리고
별일 없이 밥을 먹고
별일 없이 화장을 하고
다시 널 버릴 것이다

반복이 끝나고 나면
안온한 일상일 테니

이도 저도 아닌 꿈을 가을이라 말하자
삶의 중심을 고독이라 해두자

했던 말 자꾸 하는데
명치끝에 봄이 왔다

엽사와 멧돼지

아파트 뒷마당에 멧돼지가 출몰해
무사히 사살했다는 사진이 붙었다
맹렬히 허물어진 시간
그 자리가 붉다

금방 지나간다
금방 지나간다
엽사와 멧돼지는 서로의 홀연함에
우연을 운명이라 믿은 한때를 떠올렸을까

기다린 보람처럼 마침 눈이 온다면
불우한 계절 위로 내려서 쌓인다면
어둠에 가까워질까
발자국 지고 나면

5부

밥을 먹듯

새치를 뽑으려다 거울을 닦는다

거기 있지 중얼내며 화분에 물을 준다

모른 척 답을 피하려 밤비가 내린다

무미와 건조를 속옷처럼 껴입는다

없는 것을 더듬는 습관이 길어진다

어디에 붙들려 있다 다시 멀어진다

먼저 가고 올 것의 시간을 헤집는다

절룩이는 반려견의 다음 생을 타이른다,

쉰 아침 수북한 이팝꽃 구름 따라 흘러간 후

드라이플라워 2

어떤가요 그대는 가난한 마음이여
가차 없는 시간에 닳으며 흔들리며
명랑한 생존을 위해 붉게 살아 있나요

달콤한 슬픔에 무정해진 후에는
전망 쪽으로 펄럭이는 생에게 엎드려
미지를 어지럽히는
육신과 작별을 해요

아름다운 모든 것
우리 될 수 없는 것
단순하고 건강한 하나의 우주에 모아
새롭고 젊은 곳으로
너울너울 건너가요

드문드문 제비꽃

봉분도 없는데 제비꽃이 피었다
누구의 기척일까 낮은 바람 속에
옮겨 온 이삿짐같이 드문드문 앉은 꽃

맥락을 잃어버린 문장처럼 널 보내고
어항 속 금붕어가 사라진 꿈을 꾸었다
좋았다 말해야 하는데 그림자만 왜소했다

더 가까이 곁에 불러 제비꽃이 핀다고
보랏빛 목소리로 속삭이고 싶을 때
먼 저곳 돌고 돌아와
답장처럼 필 꽃

봄 한낮

밥 앞에 굴종이란 말 조금 경건하다

빈 그릇 할짝대는 백구의 반 평 그늘

부시다

다만 그럴 뿐

우두컨한 햇살 아래

근처에 있다

축생의 피를 벗고 단숨에 건너거라

무게를 덜어내려 안간힘으로 웅크린

열다섯 너의 완성에 가을이 잠시 든다

불쑥 찾아오는 결말은 늘 서늘해

지난 일을 떠올리듯 이불을 들추면

보내기 수월한 계절이 근처에 서성인다

꽃의 인연법은 지기 전에 손 흔드는 것

근원의 길 앞에서 후미지는 생을 보며

먼 데로 천천히 걸어간 여행자들을 생각한다

5월 봉하

오래 머물고 싶어
천천히 바람 불면

우련한 둥근 웃음
바람개비 돕니다

발끝에 받아 든 먼 길
그 새벽 자욱하도록

무엇을 이용하여
우리는 충만할까요

젖은 바람 소리만
뒷모습 따라가다

잃은 듯 잊어버린 듯
두고 가신 길 위에서

비와 나비와 나는

제 몸을 낱낱 풀어 종착에 이른 것은

뜨겁게 서늘하다 잡힐 듯 멀어지다

조촘히 젖은 귀를 열고 꿈결처럼 곁에 오네

오늘 밤 봄바람은 비무리를 건너가고

첫새벽 뭇별들은 새 각오로 빛날 텐데

냉정한 빗소리 속에 흰나비 떼 춤을 추네

오래 기다렸을까 흔들리는 꽃잎 위에

몸짓도 의기롭네 무게를 다 잊은 듯

팽팽한 저 날갯짓에 나는

뒷마음이 가려워오네

슬픈 회항

－2017년 4월

순식간에 포장된 시멘트 길을 걷다 보면

땅 아래 캄캄했을 목숨들이 감긴다

어디로 뻗어야 하나 더듬이 잘린 작은 봄

미안하다 사랑한다 엎드린 목포항엔

어디냐고 묻지 못한 노란 물결 그 품으로

사무쳐 안을 수 없는 이별이 돌아왔다고

잊은 듯 사라진 듯 바람 오는 계절 따라

손톱만 한 얼굴로 길 끝에 핀 냉이꽃

다 왔다 등을 맞대고 토닥이는 흰 봄날

꽃배추 피면

누가 정한 질서인가 꽃 다 간 이 계절에
둥근 품 켜켜이 찬 바람 쌓아 올리고
비워둔 너의 창 아래
꽃배추 홀로 붉다

올 일은 꼭 온다 이를테면 꽃 피는 일
아픈 생 밀쳐두고 너 하얗게 웃는 일
눈발을 가슴에 안고
꽃대 총총
봄, 곧

로드킬 2

아무도 무언가를

기다리지 않는 아침

온종일 추적추적 붉은 비는 내려서

엉겅퀴

덤불에 싸인

얼룩을

덮는다

삽목

꼬리 몇 번 흔들고 간 너를 묻은 후에
제라늄 꽃대가 짓무르다 마른다
산 것에 심드렁해진 내 일상을 눈치챈 듯

등 뒤에 오는 바람 고개 돌려 보내고 나면
어딘가 나도 몰래 매몰차게 던져둔
찬 계절 야윈 인연이 초인종을 누를 것 같아

언제나 있다가 아무 데도 없는 눈길
귀에 젖은 숨소리 지우고 그리면서
볕바른 창가에 옮긴다
꽃 떠난 줄기 꺾어

봄이 오는 곳으로

울거나 간절하거나 일렁이는 물이거나

계절의 어깨에서 춤추는 바람이거나

너에게 나에게 했던 허기진 맹세이거나

자유보다 복종이 혈육처럼 그리운 날

몰래 가진 미움도 남김없이 털어놓고

간다고 바람길 따라

꽃 피우러 지금 간다고

시작 노트

어떤 시 쓰시나요? 이른 아침 그 안부에

안 써요 그냥 살아요 행복한 내가 웃는다

하, 참말 자랑입니다

소설 닮은 그도 웃는다

몸도 마음도 실재 없이 건너온 그 음성이

불현듯 뜨거워라

눈물이 마렵다

창가에 가득 핀 사랑초

입을 여는 분홍 근처

죽음/생명의 뮈토스
－서성자 시조집『사사로움의 주기』읽기

오민석 문학평론가·단국대 명예교수

Ⅰ.

　뮈토스mythos가 구조structure인 이유는 그것의 속성이 반복이기 때문이다. 인류가 저마다 겪는 사건들은 한편으로는 특수한 것이면서 다른 한편으로는 누구나 경험하는 보편적인 것이다. 개체들은 이 반복의 패턴 속에 흩어져 있는 무수한 점이다. 작은 점들의 유사한 수행performance들이 반복되면서 패턴을 형성한다. 만일 구조나 패턴이 변한다면, 오로지 장구한 세월을 두고서만 그러하다. 그런데 지상의 그 무수한 패턴 중에 변하지 않는, 항구적인 패턴이 있다. 그것은 바로 죽음/생명의 끝없는 뮈토스다. 개체로서의 생명들이 겪는 죽음/생명의 유구한 패턴이야말로 모든 생명체에 반복적으로 적용되는 구조이고, 생명 있는 모든 것들은 이 반복/순환의 양식에서 벗어날 수 없다. 모든 예술 작품의 소재 중에서 가장 반복적이며 가장 보편적인 이항 대립물이 있다면, 그것은 바로 죽음/생명의 짝이다. 죽음/생명은 생명체의 가장 궁극적인 두 개의 축이고, 생명체의 다른 모든 행위는 이 두 개의 축 사이에서 벌어진다.

서성자 시인에게 대부분의 일상사는 죽음/생명의 공식으로 치환되거나 환원된다. 시인은 그 모든 사사로운 것들의 밑바닥에 생명과 죽음의 회피 불가능한 그물이 쳐져 있음을 주목한다. 시인에겐 일상의 파사드facade들은 죽음/생명의 지워지지 않는 그림자에 불과하다. 시인에게 날씨와 사물과 사건들은 죽음/생명의 서사가 기록되는 패널이며, 시인은 그 패널에 스며든 죽음과 생명의 검붉은 에너지를 읽는다. 죽음/생명은 이항 대립물이면서 동시에 하나의 그릇에 담긴 두 가지의 액체이기도 하다. 그것들은 서로를 밀어내며 섞이고 섞이면서 밀어내는 두 개의 강밀도intensity이다. 그 모든 길항拮抗의 터미널에서 생명은 버려지고 죽음만이 남는다. 한 개체를 정복한 죽음의 힘은 그러나 다른 개체의 탄생과 더불어 다시 도전받는다. 죽음/생명은 이렇게 존재의 뫼비우스 띠처럼 꼬리에 꼬리를 물고 삶의 시간을 채색한다. 시인은 일상의 온도에 흔들리거나 현혹되지 않으며 집요하게 죽음/생명의 움직임을 추적한다. 서성자에게 세계는 죽음과 생명, 어둠과 빛, 겨울과 봄, 검정과 초록의

긴장된 대립이고 섞임이다.

　　함부로 마음 내밀면
　　안 되는 일이다

　　너의 굴촉성이
　　내 심장을 죄기 전에

　　살아서
　　꿈틀대야 한다

　　진지하게
　　밝은 곳으로
　　　－「푸른 고목」 전문

　"푸른 고목"의 형용모순은 그대로 인간-존재(이하 존재)의
모순이다. 죽어가는 고목 안에 푸르른 생명이 있는 것처럼, 존
재는 삶과 죽음의 혼종 상태에 있다. 죽음이 존재를 당길 때, 존
재는 생명의 장으로 도망친다. 그러나 죽음은 어느새 존재를
따라와 있다. 죽음의 이 놀라운 "굴촉성" 때문에 존재는 죽음에
대한 사유를 멈출 수 없다. "살아서/ 꿈틀대야 한다"는 것은 당

위일 뿐, 죽음은 살아 있는 것들에게 지속적인 생명을 허락하지 않는다. 쌍둥이 형 에사오(에서)의 뒤꿈치를 잡고 이 세상에 나와 세상(이스라엘)의 주인이 된 야곱처럼, 죽음은 늘 생명의 뒤꿈치를 잡고 생명보다 앞서 나가 생명이 자신에게 굴복하기를 기다린다. 죽음은 동전의 양면처럼 생명과 함께 생명이 끝날 때까지 생명에 붙어 있다. "죽음이여, 너도 죽으리라"(존 던 J. Donne)는 선언은 오로지 죽음의 순간에만 가능하다.

평온한 도로에 누운 검붉은 사체를
까마귀 한 무리가 더 붉도록 헤집는다
허물을 다 벗은 생이 결실의 계절 같다

거두고 부여한 숨이 뜨거이 푸르다
활기를 다시 찾은 이식한 묘목처럼

철 맞은 식장 안으로
새들이 몰려간다
　─「성수기」부분

"검붉은" 것은 붉은 것과 검은 것 사이에 있다. 지상의 모든 붉은 것은 마침내 검은 것이 된다. 검붉음은 붉음과 검음의 혼재 상태이다. 생명에서 죽음으로 전이 중인 사체는 검붉다. 로드 킬을 당한 그 몸엔 아직 생명의 붉은 흔적이 있다. 검붉은 것은 생명에서 죽음으로 넘어가는 절정의 시간을 보여준다. "허물을 다 벗은 생이 결실"인 이유가 그것이다. 결실의 계절인 가을에 초록은 붉음으로 변하고 붉음은 천천히 검붉음으로 변한다. 이 죽음의 시간에 성수기를 맞는 "식장"(아마도 결혼식장)엔 "활기를 다시 찾은 이식한 묘목처럼" 사람들이 몰려간다. 생명의 시간이 그런 것처럼 죽음의 시간도 영원하지 않다. 한 개체가 죽을 때, 다른 개체들이 태어난다. 한 개체에서 사라진 생명이 다른 개체에서 다르게 살아난다. 생명과 죽음은 경쟁하듯 서로의 뒤꿈치를 잡으며 계속 반복된다. 생명/죽음은 이렇게 모든 존재의 원형archetype으로서의 뮈토스다. 시인은 그것에 바짝 다가가 그것의 움직임을 응시한다.

어둠이 매끄럽다

숲이 웅웅거린다

별 하나가 팽창한다

창문이 부드럽다

저 멀리 파름한 빛 속에

굽은 나무가 서 있다
　　－「마지막 기일」전문

　생명 너머 이미 죽음으로 간 것의 풍경은 어떠할까. 죽은 이
를 불러 다시 만나는 "기일"엔 어둠도 매끄러워("어둠이 매끄럽
다") 죽은 이가 오는 데 방해가 되지 않고, 움직이는 영혼 때문
에 숲은 "웅웅거린다". (아마도) 죽은 것들의 사후 모습일 "별"
은 산 것들의 부름에 모처럼 "팽창한다". 죽은 영혼이 들어오는
"창문"의 길도 "부드럽다". 저승의 빛은 "저 멀리 파름"하고, 그
속에 망자가 "굽은 나무"처럼 서 있다. 그런데 왜 "마지막 기일"
일까. 화자는 (독자들이 알 수 없는 사유로) 죽은 자를 소환하는 일
을 멈춘다. 그것은 더 이상 죽음을 소환하지 않음으로써 죽음과
의 친교(?!)를 거부하는 행위일 수도 있고, 죽은 자를 죽은 자들
의 공간으로 영원히 보내주는 쓸쓸한 작별의 행위일 수도 있다.
"저 멀리 파름한 빛 속에" 서 있는 굽은 나무는 죽은 자들을 소
환하는 모든 산 자들의 미래이다. 그것이, 그곳이, 어떤 것이고
어떤 곳인지 아무도 모른다. 그러나 그것과 그곳은 모든 존재

가 최종적으로 도달할 수밖에 없는 터미널이므로 사유思惟와
정동情動의 장에서 지워지지 않는다. "마지막 기일"은 그날을
지키는 생명마저 검붉어져 검음으로 완전히 넘어갔을 때 온다.

Ⅱ.

　죽음/생명의 뮈토스가 두텁게 칠해진 존재의 표면에서 가볍
고 무거운 모든 일이 벌어진다. 그것들은 때로 죽음/생명의 뜨
거운 양철판 위에서 이유를 모르고 피어오르는 먼지들의 이야
기 같고, 때론 무거운 숙명 너머로 날아오르는 새 떼들의 서사
같기도 하다. 그 위에서 무엇을 하든, 그런 이야기들엔 죽음/생
명의 색채가 칠해진다. 존재의 모든 행위가 죽음/생명의 스펙
트럼을 벗어날 수 없기 때문이다. 그러므로 존재의 모든 수행
performance들은 죽음/생명의 밑칠 위에 칠해진 덧칠이다. 덧칠
은 항상 밑칠을 전제로 한다.

　저, 누나
　죄송한데요
　담배 한 갑만
　뚫어주시면…

달 뜬 공원 벤치에서 튼실한 소년이 웃네

클 났네
벚꽃 송이 따라
나, 자꾸
흔들리네
　–「봄, 봄」 전문

　이 작품의 "소년"과 "누나"에게 죽음의 그림자는 없다. 시인
은 죽음/생명의 깊은 사유자답지 않게 일부러 경쾌한 톤을 선
택한다. 건강을 염려하지 않아도 되는 나이에 죽음은 허구이
다. 담배를 살 수 없는 미성년 소년은 공원에서 우연히 만난 화
자에게 "누나"라 부르며 담배 구매를 부탁하고, 누나는 이 생명
으로 가득 찬, 오로지 생명밖에 없는, "봄, 봄"의 담론에 "자꾸/
흔들"린다. 배경은 "벚꽃 송이" 탐스러운 '봄, 봄'이다. 이런 풍
경의 밑바닥에도 죽음이 있을까? 물론 죽음은 생의 도처에 있
다. 그러나 누구에게나 죽음이 지워지고 오로지 '봄, 봄'인 시
간이 있다. 그 시간에 존재의 양철 바닥은 생명의 아지랑이를
피워올리고, 존재는 공중의 목련꽃처럼 화사해진다. 죽음/생
명에 대한 사유는 이렇게 죽음이 지워진 자리에서부터 시작된

다. 이런 점에서 죽음은 보는 것이 아니라 겪는 것이다. 죽음은
보지 못해도 오고, 생각하지 않아도 온다. 죽음의 이 먼 거리에
"봄, 봄"의 허구가 존재한다.

> 너를 빠트리고
> 별일 없이 밥을 먹고
> 별일 없이 화장을 하고
> 다시 널 버릴 것이다
>
> 반복이 끝나고 나면
> 안온한 일상일 테니
>
> 이도 저도 아닌 꿈을 가을이라 말하자
> 삶의 중심을 고독이라 해두자
>
> 했던 말 자꾸 하는데
> 명치끝에 봄이 왔다
> ─「사사로움의 주기」 전문

죽음/생명의 뮈토스를 지울 때, 존재의 모든 것은 사사로운
것들이 된다. 죽음/생명의 무거운 언어를 잊을 때, 시간은 카이

로스에서 크로노스로 변한다. 그런 시간 속의 삶을 "안온한 일상"이라 부른다. 그렇게 "사사로움의 주기"가 반복될 때, 가을은 특별한 계절이 아니라 "이도 저도 아닌 꿈"이 된다. 이렇게 밑그림이 사라진, "너를 빠트"린, 그리고 "다시 널 버릴" 삶의 중심은 고독하다. 시인은 이렇듯 의미 없는 반복의 시간에 갑자기 "명치끝에" 들이닥친 "봄"을 느낀다. 봄은 지워진 밑칠을 다시 복원하는 시간이고, 빠트리고 버린 "너"를 다시 불러내는 시간이며, 사사로움의 주기를 넘어서는 시간이다. 진짜 시간은 죽음/생명의 뮈토스를 사유할 때 오고, 진짜 덧칠은 밑칠 위에서만 가능하며, 크로노스에서 카이로스로 다시 넘어갈 때에 온다.

밥 앞에 굴종이란 말 조금 경건하다

빈 그릇 할짝대는 백구의 반 평 그늘

부시다

다만 그럴 뿐

우두컨한 햇살 아래

－「봄 한낮」전문

18세기 프랑스의 생리학자 비샤M. Bichat의 말에 따르면, 생명이란 "죽음에 저항하는 기능들의 합체"이다. 모든 것이 정지된 듯 고요한 봄날에도 생명 있는 것들은 허기진다. 허기는 죽음에 저항하는 기능 중의 하나이다. 그것은 죽지 않기 위해 생명이 생명에게 내리는 명령이다. 그러므로 "빈 그릇 할짝대는 백구"의 행위는 사사로운 것이 아니다. 그것은 "밥 앞에 굴종"처럼 보일지라도 "경건"한 것이며, 경건하므로 '신적인 것'과 연관되어 있고, 그러므로 이미 문자 그대로의 '굴종'이 아니다. 허기를 채우는 일은 왜 경건한가. 그것은 신이 살아 있는 모든 것에게 내리는 명령(죽을 때까지 살라!)에 복종하는 것이기 때문이다. 살아 있는 것이 살려고 하는 이 당연한 모습을 '경건'의 단계로 끌어올리는 것은 시인이다. 그것이 어느 "봄 한낮", 아무도 보지 않는, "우두컨한 햇살 아래"에서 일어날지라도, 살려고 애쓰는 모든 행위는 눈부시도록 장엄하다.

Ⅲ.

죽음이 생명의 뒤꿈치를 물고 자꾸 생명을 앞지르려 할 때,

생명도 죽음의 어깨를 잡아당기며 그것을 능가하려 한다. 운명의 모서리에서 생명은 죽음에 붙잡히지만, 개체의 생명이 죽음과 동시에 개체의 죽음도 죽는다. 하나의 생명엔 오로지 한 번의 죽음이 있을 뿐이다. 그러나 죽음/생명은 하나의 개체에서만 일어나는 사건이 아니다. 그것은 무수한 개체들에서 무수히 일어난다. 생명의 뒤꿈치를 잡은 죽음이 그 개체의 죽음과 함께 죽을 때에도, 보라, 다른 존재의 장들에서 무수한 생명이 태어난다.

기묘한 꿈을 꾼다

눈 속에 핀 꽃 몸은

단 하나의 그 약속

잠정적인 생을 향해

숙명을

앞지르는 소리

꼿꼿한 소리로

　　-「동백처럼」전문

　눈 속에 떨어진 동백꽃은 이미 죽은 꽃이다. 그러나 시인은
그것을 "눈 속에 핀 꽃 몸"이라 부른다. 그냥 꽃이 아니라 "꽃
몸"이다. 시인이 볼 때, 그것은 "몸"이며 "핀 꽃"이므로 살아 있
다. 죽은 꽃을 살아 있는 '꽃 몸'으로 살려내는 것은 시인의 의
지이고 상상력이다. 시인은 땅에 떨어진 꽃에서도 왕성한 생
명력을 읽는다. 죽음 속에서도 동백꽃은 "잠정적인 생"이라는
또 하나의 생을 약속한다. 그것은 죽음의 "숙명을/ 앞지르는 소
리"로, "꼿꼿한 소리"로 죽음 속의 생명을 선언한다. 꽃을 죽이
려는 숙명과 그것을 앞지르려는 꽃 사이의 이 성대한 싸움 때
문에 동백꽃은 눈 속에서도 '잠정적'으로 살아 있다. 이 대목에
서 독자들은 "동백처럼"이라는 제목을 주목해야 한다. '동백처
럼' 어쩌자는 것인가. 시인은 그것이 "기묘한 꿈"일지라도 숙명
을 앞지르는 생명(동백)처럼 살아야 한다고 자신에게 읊조린
다. 니체의 말처럼 "인간은 극복되어야 할 그 무엇"이라면, 존
재에게 죽음은 극복되어야 할 숙명이다. 그것이 불가능할지라
도, 아니 불가능하므로, 죽음("눈 속") 이후에도 붉게 살아 빛나
는 꽃은 더욱 장엄하고 숭고하다. 그것은 죽음 위에서 한 번 더

'잠정적인 생'을 산다.

　　누가 정한 질서인가 꽃 다 간 이 계절에
　　둥근 품 켜켜이 찬 바람 쌓아 올리고
　　비워둔 너의 창 아래
　　꽃배추 홀로 붉다

　　올 일은 꼭 온다 이를테면 꽃 피는 일
　　아픈 생 밀쳐두고 너 하얗게 웃는 일
　　눈발을 가슴에 안고
　　꽃대 총총
　　봄, 곧
　　ㅡ「꽃배추 피면」 전문

　죽음/생명의 거대한 자장에서 시인은 힘겹게 생명의 축으로 움직인다. 시인은 죽음의 막강한 인력에 생명의 막강한 척력으로 저항한다. 비샤의 말대로 생명이란 그 자체 '죽음에 저항하는 기능들의 합체'이므로, 생명은 운명의 마지막 순간까지 죽음에 저항한다. 죽음이 필연적이라면, 생명도 필연적이다. 죽음 속에서도 "올 일은 꼭 온다". 그것이 "이를테면 꽃 피는 일"이라는 믿음은 "눈발" 속에서도 "꽃대"를 "총총"하게 만든다. 서성자의 시들은 이렇게 생명의 눈으로 죽음과 대면하는 팽팽한 긴장 속에서 만들어진다. 이런 점에서 서성자에게 생명은 늘 죽음 너머 펄럭이는 '약동'(베르그송H. Bergson)이다. 시인은 "아픈 생"까지 "밀쳐두고" 죽음의 필연성을 수용하면서도("눈발을 가슴에 안고") 죽음 안에 생명의 "꽃대"를 꽂는다.

사사로움의 주기

—

초판 1쇄 2023년 10월 31일
지은이 서성자
펴낸이 김영재
펴낸곳 책만드는집

—

주소 서울 마포구 양화로3길 99, 4층 (04022)
전화 3142-1585·6
팩스 336-8908
전자우편 chaekjip@naver.com
출판등록 1994년 1월 13일 제10-927호
ⓒ 서성자, 2023

—

* 이 시집은 2023년 경남문화예술진흥원의 창작 지원금을 받아 제작되었습니다.

—

ISBN 978-89-7944-851-1 (04810)
ISBN 978-89-7944-354-7 (세트)